AF494434

à Monsieur l'Inspecteur général Collignon
hommage respectueux de l'auteur
A. Jozan

NOTICE

SUR LE

NOUVEAU BARRAGE

DE LA

MACHINE DE MARLY

PAR

M. A. JOZAN,

INGÉNIEUR DES PONTS ET CHAUSSÉES

Extrait des ANNALES DES PONTS ET CHAUSSÉES. — Juin 1891.

PARIS

V^VE CH. DUNOD, ÉDITEUR

LIBRAIRE DES CORPS NATIONAUX DES PONTS ET CHAUSSÉES, DES MINES
ET DES TÉLÉGRAPHES

Quai des Augustins, 49

1891

IMPRIMERIE C. MARPON ET E. FLAMMARION
RUE RACINE, 26, A PARIS.

NOTICE

SUR LE

NOUVEAU BARRAGE

DE LA

MACHINE DE MARLY

PAR

M. A. JOZAN,

INGÉNIEUR DES PONTS ET CHAUSSÉES

Extrait des ANNALES DES PONTS ET CHAUSSÉES. — Juin 1891.

PARIS

Vve CH. DUNOD, ÉDITEUR

LIBRAIRE DES CORPS NATIONAUX DES PONTS ET CHAUSSÉES, DES MINES
ET DES TÉLÉGRAPHES

Quai des Augustins, 49

1891

IMPRIMERIE C. MARPON ET E. FLAMMARION
RUE RACINE, 26, A PARIS.

NOTICE
SUR LE NOUVEAU BARRAGE
DE LA
MACHINE DE MARLY

Le nouveau barrage de Marly remplace les anciens pertuis de décharge de la machine de Marly qui existaient entre le barrage et le bâtiment de la machine, sur le territoire de la commune de Bougival.

Les anciens pertuis, au nombre de 6 ayant une largeur de 5 mètres chacun, étaient séparés par des piles en maçonnerie de 2 mètres de largeur qui ont supporté des engins de fermeture divers dont la manœuvre a toujours laissé à désirer.

On a adopté pour le nouvel ouvrage un système de barrage dont les engins de fermeture se manœuvrent facilement en toutes circonstances, afin de concourir d'une manière efficace à l'écoulement des crues.

Comme ce barrage est situé dans un bras de Seine fermé à la navigation par la machine de Marly et l'ancien barrage fixe, et qu'il est en outre placé à l'aval de l'estacade de protection des roues de la machine qui le défend contre les glaces, les supports, qui ne doivent jamais être abattus, sont constitués par des fermes fixes en fer du système Poirée, sur lesquelles s'appuient des vannes et vannettes glissantes que l'on manœuvre de la passerelle.

Ces fermes ne devant pas être couchées il était inutile de leur donner une grande rigidité transversale : aussi a-t-on économisé une notable quantité de matière ; d'autre part, leur système d'action et d'ancrage sur le radier ne paraît pas avoir encore été employé : c'est ce qui nous a engagé à décrire l'ouvrage en question dont on pourrait trouver des applications avantageuses dans d'autres circonstances, par exemple pour les prises d'eau des canaux d'irrigation ou des rigoles d'alimentation.

Le modèle de cet ouvrage, au 1/10 de la grandeur d'exécution, a été admis à l'Exposition universelle de 1889 par décision de M. le ministre des travaux publics en date du 14 juin 1888 ; il figure actuellement dans la galerie des modèles de l'École des ponts et chaussées.

Description du barrage. — Les travaux du barrage ont été approuvés par les décisions ministérielles des 13 décembre 1886 (maçonneries) et 17 mars 1887 (partie métallique).

La largeur entre les culées est de $36^{m},15$, et la chute, de $3^{m},00$ entre les cotes (23,73), niveau de la retenue d'amont, et (20,73), niveau du radier qui est placé à $0^{m},20$ au-dessus de la retenue d'aval.

Les fermes, au nombre de 28, sont espacées de $1^{m},25$ d'axe en axe : elles ont chacune une largeur de $0^{m},10$, en sorte que le débouché linéaire réel est de $33^{m},35$; mais en fait, ces fermes ne produisent presque aucun obstacle à l'écoulement de l'eau, les effets de la contraction étant presque nuls dans ces conditions ; et l'on peut admettre que la présence des supports fixes ne diminue que d'une manière insignifiante le débouché compris entre les culées.

Le radier a 12 mètres de longueur dans le sens du courant : il est compris entre deux files de pieux et palplanches; son épaisseur de $3^m,75$ est motivée par le niveau du terrain de fondation d'où l'on a dû extraire tous les anciens matériaux, pieux et enrochements, de la machine en charpente construite sous Louis XIV par le chevalier de Ville et Rennequin Sualem.

Ce radier est composé :

1° D'une couche de béton de 2 mètres d'épaisseur moyenne coulée dans l'eau, et qui repose sur les têtes de 210 pieux nécessaires pour consolider le terrain de fondation;

2° D'un massif de maçonnerie brute de $1^m,30$ d'épaisseur moyenne, bien relié à la couche de béton au moyen de redans normaux au courant;

3° D'un revêtement horizontal en pierres de taille et moellons smillés de Souppes dont les différences d'épaisseur assurent la liaison avec la maçonnerie brute.

En amont des fermes on a établi un seuil de 0,08 de hauteur destiné à procurer un point d'appui pour un vannage lors du remplacement d'une ferme ou d'une partie du seuil décrit ci-après.

Un seuil en bois de chêne de $0^m,20 \times 0^m,20$, arasé au niveau général du radier, est également établi sous les montants d'amont des fermes, pour recevoir la butée des vannes en bois.

Immédiatement en aval du radier, et au même niveau, est disposé un arrière-radier de $4^m,50$ de longueur formé de blocs artificiels en maçonnerie de $1^m,50$ de côté et de 1 mètre d'épaisseur : ces blocs reposent sur des enrochements, et comme ils ne sont pas absolument jointifs on a coulé entre eux du béton de ciment, de façon à former un revêtement d'une seule pièce tant qu'il ne se produit pas de tassement dans les enrochements qui le supportent; dans le cas contraire les lignes de cassure sont préparées, le revêtement ne subit que des fissures, mais il résiste sur place dans son ensemble, sans que des affouillements puissent se produire en dessous.

Ce revêtement de l'arrière-radier est en outre suivi d'une banquette de gros enrochements qui le maintiennent, sans risquer d'être eux-mêmes emportés, car la chute du barrage est dirigée suivant l'horizontale par le radier et l'arrière-radier.

Nous indiquerons plus loin le système de pierres de taille du radier qui supporte directement chaque ferme, ainsi que les ancrages spéciaux aux fermes ; dans son ensemble, le radier est chaîné au moyen de grands tirants horizontaux en fer rond de $0^m,05$ de diamètre et de $12^m,50$ de longueur qui relient les files de pieux d'amont et d'aval à travers deux ventrières de $0^m,20 \times 0^m,25$ placées à $1^m,20$ au-dessous de la surface du radier : ils sont espacés de 4 mètres environ et formés de trois parties qui sont réunies entre elles, au milieu de la maçonnerie brute, par des yeux venus à la forge et des clavettes de $0^m,80$ en fer rond de $0^m,05$, de façon à assurer la liaison des tirants avec les maçonneries.

La file de pierres de taille d'amont est de plus entretoisée au moyen d'un fer à ⊔ qui est ancré à $2^m,50$ de profondeur dans le béton au moyen de tirants verticaux et de disques en fonte espacés de $2^m,50$.

Fermes. — Les fermes fixes ont une hauteur de $3^m,80$ égale à celle des culées, et une longueur de 3 mètres à la base ; elles se composent essentiellement d'un montant d'amont incliné de 22° 30′ sur la verticale, d'une traverse ou semelle inférieure horizontale, et de trois contre-fiches inclinées qui réunissent les deux pièces précédentes.

Ces cinq pièces sont les seules que nous ayons considérées dans nos calculs comme supportant toute la charge de l'eau ; le montant d'amont, très rigide, transmet toute la pression à la semelle inférieure ; la résultante est dirigée vers un point extérieur à la base d'appui, mais très voisin de l'extrémité d'aval ; les contre-fiches travaillent à la compression de haut en bas, et la semelle inférieure à la compression d'amont en aval : elle est soulagée par les boulons de scellement et le sabot d'aval.

Les autres parties de la ferme, entretoises horizontales, montant d'aval, tirant en écharpe, console, ne servent qu'à la liaison des autres pièces ou à l'élargissement de la passerelle.

Avec cette disposition, la résultante passant à l'extrémité aval de la ferme, le moment de renversement est à peu près nul, et l'action générale de la ferme sur les scellements se réduit presque à une poussée horizontale.

Le montant d'amont est constitué par un fer à **I** composé, la semelle inférieure par un fer à T renforcé d'une plate-bande, et les contre-fiches et entretoises par des fers à **⊔** de $0^m,10$ de hauteur et de $0^m,04$ de largeur.

Les dimensions détaillées de ces fers sont indiquées dans la partie relative aux calculs de résistance.

La passerelle supérieure est utilisée pour la manœuvre des vannes au moyen d'engins roulant sur les voies.

Les fermes sont entretoisées entre elles par trois rails placés à la partie supérieure, et par un fer rond placé à peu près au centre du treillis.

Le poids de chaque ferme est de 635 kilogrammes environ.

Attache des fermes sur le radier. — Chaque ferme s'applique sur le radier, dont la surface est absolument plane et horizontale, par sa semelle inférieure qui y est fixée au moyen de huit boulons de $0^m,02$ de diamètre groupés deux par deux, et d'un sabot en fonte placé en aval et arrêté par trois boulons de $0^m,03$ de diamètre.

Tous ces boulons sont scellés pour chaque ferme dans un système de trois pierres de taille de Souppes dont le plan et la coupe en travers du radier indiquent les dispositions, savoir :

En amont, une grosse pierre carrée traversée par le premier ancrage.

En aval une autre pierre semblable recevant le sabot d'aval.

Et entre les deux, une pierre longue et moins épaisse dans laquelle sont scellés les boulons intermédiaires.

Le calcul de la pression maxima que pouvait avoir à supporter chaque ferme correspond à l'hypothèse où le niveau de l'eau en amont atteindrait le couronnement des culées, sans qu'il y ait de contre-pression en aval : on trouve ainsi que la composante horizontale de l'action totale a une valeur de 8.850 kilogrammes ; elles est reportée sur les boulons d'ancrage par l'intermédiaire de la semelle inférieure, et si l'on admet que chacun des 11 boulons supporte une part égale de cette action, ce qui est vraisemblable vu leur situation et la rigidité du système, on trouve que la charge de chacun d'eux au cisaillement est de 805 kilogrammes, ce qui fait au plus $2^k,5$ par millimètre carré de section du fer.

Cette pression ne saurait sans inconvénients être transmise à la pierre de taille, même de Souppes ; aussi a-t-on disposé, en arrière des fourchettes qui supportent chacune deux boulons, des traverses en fer de $0^m,05$ sur $0^m,04$ d'équarrissage et $0^m,20$ de longueur, encastrées dans le radier. Le sabot d'aval étant lui-même encastré dans la pierre sur une hauteur de $0^m,06$, la charge totale est répartie sur une surface de 640 centimètres carrés, ce qui n'impose à la pierre qu'une pression moyenne de 14 kilogrammes par centimètre carré.

Il résulte de la disposition de la ferme et des calculs

que nous détaillons plus loin, que le montant d'amont peut être soumis à une traction de 4.088 kilogrammes dans sa direction de bas en haut, et qu'il exercerait sur le scellement d'amont une traction verticale de $4.088^k \times \cos 22°30'$, soit de 3.761 kilogrammes. Cet ancrage est plus important que les autres : il s'attache sous une pierre de taille pesant 2.500 kilogrammes, reliée au massif même du radier par une plate-bande en fer à ⊔ et des boulons verticaux de $2^m,50$ de longueur armés de disques de 0,40 de diamètre.

La résistance du radier à la traction verticale est donc assurée dans de bonnes conditions.

Vannes. — Les vannes, dont la hauteur verticale totale est de 3 mètres, et la hauteur effective de $3^m,25$, sont divisées en 4 rangs, savoir :

Trois rangs de vannes proprement dites dont les hauteurs augmentent à partir du fond, de façon à contrebalancer la diminution de pression, et à égaliser à peu près la charge totale sur chaque vanne ;

Et un rang de vannettes destinées à régler la retenue.

Les hauteurs de ces rangs de vannes sont respectivement $0^m,89$, $0^m,98$, $1^m,09$ et $0^m,32$.

Les épaisseurs du bois sont variables dans la hauteur de chaque vanne des trois premiers rangs, de façon à éviter le poids inutile dont les inconvénients sont très sensibles dans les manœuvres : sur la hauteur totale l'épaisseur diminue de $0^m,08$ à $0^m,03$.

Ces vannes sont en bois de chêne, garnies de deux cornières latérales, pour faciliter le glissement sur les fermes, et d'une armature formant à la fois entretoisement et crochet de manœuvre. Les joints des madriers entre eux sont garnis d'une languette en fer de $0^m,005$ d'épaisseur encastrée dans deux rainures.

Aménagements généraux du barrage. — La passerelle supérieure supporte trois rails Vignole qui constituent deux voies de $0^m,85$ et $1^m,35$ d'écartement ; ces voies se prolongent, ainsi que l'indique le plan, sur les culées du barrage : la plus étroite dessert le magasin où l'on range le matériel en temps de crue, et la passerelle de l'ancien barrage qui donne accès sur la rive droite ; elle est utilisée également pour la manœuvre courante des vannes au moyen d'une petite grue de 300 kilogrammes et le transport du matériel sur des chariots. La voie la plus large sert à la manœuvre des vannes sous forte pression au moyen d'un treuil à crémaillère de la force de 1.800 kilogrammes, qui permet d'enlever une vanne du fond et de la refouler en place sous une chute de $3^m,86$, supérieure à celle qu'on peut prévoir en toutes circonstances : la description de ce treuil a été donnée à l'occasion du barrage de Suresnes, dans le *Portefeuille des élèves de l'école des Ponts et Chaussées* (22e livraison, 1889).

Construction. — La construction du barrage a été opérée à l'abri d'un batardeau établi à l'amont entre la culée de l'ancien barrage et le bâtiment de la machine de Marly ; ce batardeau supportait une chute de $3^m,20$.

A l'aval on s'est mis à l'abri des petites crues d'été par un simple exhaussement de l'enceinte de palplanches définitive qui a été recépée au niveau du radier après la pose des fermes.

Le béton ayant été coulé sous l'eau dans l'enceinte en charpente, on a déposé de même du béton le long des deux files d'amont et d'aval, de façon à constituer des parois étanches, et l'on a pu établir la maçonnerie à l'aide d'épuisements dans l'encuvement formé par le béton lorsqu'il eut fait suffisamment prise : les pompes ont eu surtout pour but d'évacuer le produit des renards rencontrés dans la culée d'amont qui repose sur l'éperon en maçonnerie de l'ancienne machine.

Dépenses. — Les dépenses du barrage et du magasin de la culée se sont élevées à 271.000 francs, savoir :

Batardeau d'amont, de 60 mètres de longueur, exécuté dans une chute variant de $1^m,50$ à 2 mètres.	55.000 fr.
Dragages des fondations à l'emplacement des charpentes et enrochements de l'ancienne machine de Marly	30.000
Charpente et maçonnerie du radier et des culées. . .	133.000
Magasin en maçonnerie sur la culée du barrage, et enlèvement du batardeau d'amont	24.000
Fermes métalliques, vannes et appareils de manœuvre	29.000
Dépenses totales nettes du nouveau barrage (rabais déduits et sommes à valoir comprises).	271.000 fr.

L'ouverture du barrage étant de $36^m,15$, le prix par mètre courant ressort à 7.496 francs.

Les travaux ont été exécutés sous la direction de M. Boulé, ingénieur en chef, par M. Jozan, ingénieur ordinaire, et M. Moreau, conducteur principal.

Les entrepreneurs étaient :

MM. Goiffon et Jorre, pour le batardeau d'amont et le dragage des fondations ; M. Brière, pour les maçonneries et charpentes ; M. Moutier, pour les fermes métalliques et les engins de manœuvre.

CALCULS DE RÉSISTANCE.

Hypothèses pour le calcul. — Nous avons fait le calcul dans l'hypothèse très défavorable et qui ne se réalisera pour ainsi dire jamais, où le niveau de l'eau en amont s'élèverait jusqu'au couronnement des culées, soit à $0^m,86$ au-dessus de la retenue normale, et où il n'y aurait pas de contre-pression d'aval.

Cette ferme peut être considérée au point de vue du calcul des forces qui agissent sur elle comme réduite aux axes de ses pièces essentielles que nous avons figurés dans le croquis ci-dessous.

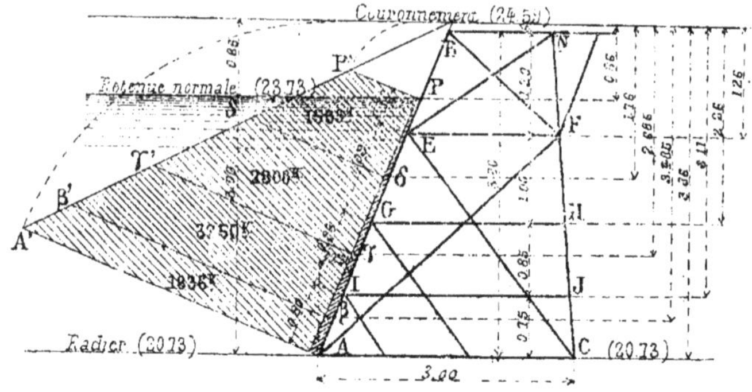

Fig. 1.

Étude du système des forces. — Avant de commencer le calcul des pièces, étudions d'abord d'une manière générale les conditions d'équilibre de l'ensemble du système (*fig.* 2.)

Soit H la hauteur verticale du vannage.

U la hauteur de l'eau au-dessus de ce vannage.

α l'angle d'inclinaison du montant d'amont sur la verticale.

Les fermes étant espacées de $1^m,25$ d'axe en axe, la charge totale sur une ferme est donnée par la formule :

$$R = 1000^k \times 1^m,25 \times \frac{H(H + 2U)}{2\cos\alpha} = 9579^{kg}.$$

Cette résultante est normale au montant AB, et passe par le centre de gravité du trapèze AA′PP′.

La distance AZ du point Z, où elle rencontre le radier, au point A, est donnée par la formule :

$$AZ = \frac{AV}{\sin\alpha} = \frac{H}{3\sin\alpha\cos\alpha}\,\frac{H + 3U}{H + 2U} = 3^m,35,$$

d'où

$$CZ = 0^m,35$$

et :

$$CY = CZ \sin \alpha = 0^{m},134.$$

Le moment de la résultante par rapport au point C, c'est-à-dire le moment de renversement de la ferme, est

$$R \times CY = 1283^{kgm}.$$

La composante horizontale de l'action totale est entièrement reportée sur la traverse inférieure qui seule retient la ferme, et sa valeur est 8.850 kilogrammes.

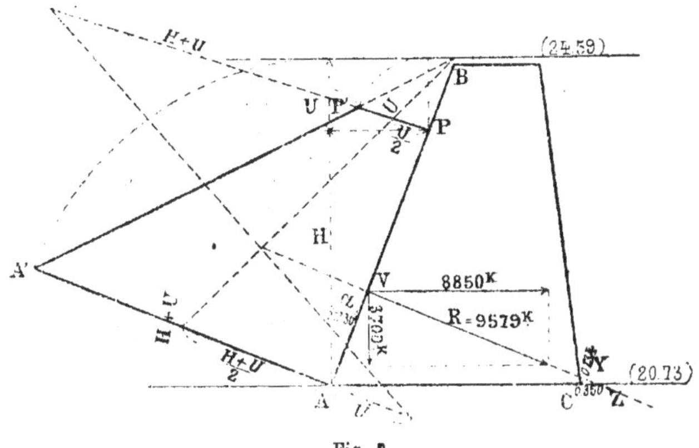

Fig. 2.

Il résulte de l'examen des valeurs de ces forces que la résultante de la poussée de l'eau passe en un point très voisin du sabot d'aval, et que le moment de renversement est très faible.

L'action horizontale de cette ferme sur les boulons de scellement encastrés dans le radier est de 8.850 kilogrammes ; quant à la traction verticale sur les boulons, nous la calculerons plus loin au moyen de certaines hypothèses.

Le vannage s'élevant peu au-dessus de la quatrième traverse, on peut admettre que tout le poids de l'eau agit au-dessous de cette quatrième traverse, en sorte qu'au point de vue du calcul des diverses pièces, il suffit de considérer le triangle formé par la traverse inférieure, le montant d'amont et la troisième contrefiche.

Le treillis constitué par toutes les pièces comprises dans ce triangle, et les liaisons rigides que fournissent les goussets d'assemblage, ne permettent pas de calculer rigoureusement les divers efforts auxquels chaque pièce est soumise, soit directement, soit par l'intermédiaire de celles qui la rencontrent.

Pour ce calcul, nous avons supposé que la ferme est réduite au montant d'amont, aux trois contre-fiches et à la traverse inférieure.

Les autres pièces, savoir, les traverses horizontales, le montant d'aval NC, la traverse supérieure BN, la contre-fiche de console OF, les croisillons BF et EN et le tirant AF n'ont à subir que des efforts très faibles et servent principalement à l'entretoisement.

La rigidité du montant d'amont et le peu d'écartement des points d'appui permettent de supposer que chaque extrémité supérieure des contre-fiches reçoit la charge d'eau correspondant à la moitié des deux intervalles adjacents, aussi nous convenons que le point A (*fig.* 1) reçoit la charge représentée par le trapèse $A\beta A'\beta'$.

Le point I, la charge représentée par le trapèze $\beta\beta'\gamma\gamma'$.

Le point G, la charge représentée par le trapèze $\gamma\gamma'\delta\delta'$.

Enfin le point E, la charge du trapèze $\delta\delta' PP'$.

Le calcul donne pour ces actions les valeurs suivantes :

en A $\quad 1250^{k} \times \frac{0,80}{2} \times \frac{3,86 + 3,485}{2} = 1836^{kg}$

en I $\quad 1250^{k} \times \frac{0,80 + 0,93}{2} \times \frac{3,485 + 2,685}{2} = 3350^{kg}$

en G $\quad 1250^{k} \times \frac{0,93 + 1,09}{2} \times \frac{2,685 + 1,76}{2} = 2800^{kg}$

et en E $\quad 1250^{k} \times \left(\frac{1,09}{2} + 0,43\right) \times \frac{1,76 + 0,86}{2} = 1593^{kg}$

Total. . . . . 9579^{kg}

Calcul des contre-fiches. — Les charges que nous venons de déterminer aux points A, I, G, E sont normales au montant d'amont, et, d'après l'hypothèse que nous avons admise, se décomposent chacune en deux autres, l'une suivant la contre-fiche (compression), l'autre suivant le montant d'amont (traction de bas en haut.)

Au point A, l'action normale au montant d'amont produit une compression de la traverse inférieure et une traction du montant d'amont dirigée de haut en bas, c'est-à-dire en sens contraire des forces précédentes.

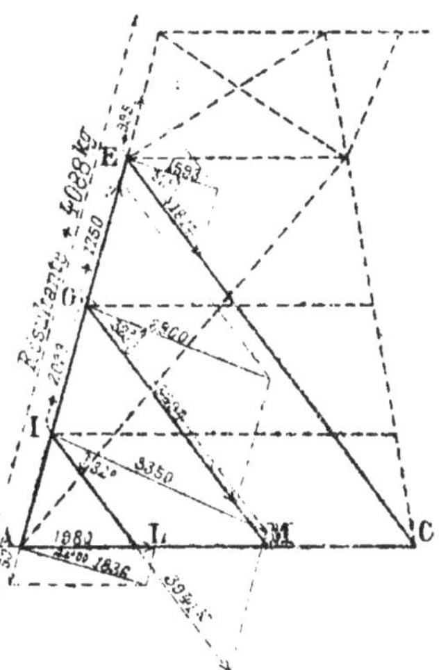

Fig. 3.

Les angles des diverses directions sont indiqués sur la figure et les valeurs de leurs lignes trigonométriques s'en déduisant, on forme le tableau suivant qui résume les charges totales supportées par les diverses pièces :

DÉSIGNATION des centres d'action	ACTION normale au montant d'amont (a)	COMPRESSION des contre-fiches $\left(\frac{a}{0,85}\right)$	TRACTION du montant d'amont de bas en haut ($0,65\ a$)	OBSERVATIONS
	kilogr.	kilogr.	kilogr.	
A	1.836	»	— 750	(0,41 × 1830k)
I	3 350	3.941	+2 093	
G	2.800	3.294	+1.750	
E	1.593	1.874	+ 995	
	9.579			
Résultante de bas en haut sur le montant d'amont.			4.088	

La charge des contre-fiches étant ainsi déterminée, de

même que la traction du montant d'amont, qui est de 4.088 kilogrammes, nous avons choisi les échantillons de fer indiqués au tableau ci-après pour résister à ces diverses actions en ce qui concerne les contre-fiches, car la section du montant d'amont est bien plus que suffisante pour résister à cette traction directe.

DÉSIGNATION des pièces	DIMENSIONS des fers à]	CHARGES en bout	SECTIONS des fers en millim. carrés	PRESSION par millim. carré	LONGUEUR de la plus grande partie libre de la pièce	RAPPORT entre la longueur de la pièce et le petit côté de la section transversale
		kilogr.	millim.q.	kilogr.	mèt.	
Contre-fiche IL	$\frac{100 \times 40}{9}$	3.941	1.458	2,70	0,55	14
» GM	$\frac{100 \times 40}{9}$	3.294	1.458	2,26	0,90	22,5
» EC	$\frac{100 \times 40}{9}$	1.874	1.458	1,28	1,20	30

On voit que la charge de ces pièces par millimètre carré de section est faible, puisqu'elle ne dépasse pas $2^{kg},70$; cette réduction de charge par rapport à la limite de 6 kilogrammes admise généralement est nécessaire pour compenser l'effet de la longueur des pièces qui favorise la flexion.

On sait que pour les pièces à section rectangulaire chargées debout, les pressions doivent être réduites :

au $\frac{1}{6}$ de la charge normale quand la longueur de la pièce est 48 fois plus grande que la plus petite dimension transversale,

au $\frac{1}{3}$ quand cette longueur n'est que 36 fois plus grande,

au $\frac{1}{2}$ — — 24 fois,

aux $\frac{5}{6}$ — — 12 fois.

Quoique la section de nos contre-fiches ne soit pas rectangulaire, mais formée d'un fer à ⊔, ces renseignements peuvent nous rassurer au sujet des efforts subis par ces pièces, car d'après la règle ci-dessus, le travail de la contre-fiche IL pourrait être porté à $4^{kg},5$, tandis qu'il n'atteint que $2^{kg},70$; celui de la pièce GM pourrait être porté à $3^{kg},25$, tandis qu'il n'atteint que $2^{kg},26$ par millimètre carré, et enfin le travail de la contre-fiche EC pourrait être porté à $2^{kg},50$ tandis qu'il n'atteint que $1^{kg},28$, en sorte qu'on voit que nous sommes resté bien au-dessous des limites fixées par la règle applicable aux pièces à section rectangulaire, pour tenir compte de la forme de la section.

Calcul de la traverse inférieure. — Ainsi que nous l'avons vu au début (*fig.* 2) la composante horizontale de la pression totale de l'eau est de 8.850 kilogrammes. La traverse inférieure se compose d'un fer à **T** de $\frac{150 \times 82}{12}$ rivé sur une semelle ou plate-bande de $\frac{180}{12}$; la section totale étant de 4.800 millimètres carrés, la pression maxima ne dépasse pas $1^{k},84$ par millimètre carré.

Les dimensions que nous avons adoptées sont néanmoins nécessaires pour obtenir la solidité de la liaison avec les boulons d'ancrage.

Traverses intermédiaires. — D'après les hypothèses que nous avons faites ci-dessus, ces traverses ne seraient soumises à aucun travail. En réalité elles subissent certains efforts, et nous leur avons donné les mêmes sections qu'aux contre-fiches, en sorte que la combinaison de ces deux systèmes donne toute sécurité au point de vue de la résistance de la ferme.

Calcul du montant d'amont. — Le montant d'amont

doit être considéré comme décomposé en tronçons au droit des traverses qui le soutiennent en A, I, G, E et B.

Nous avons donné deux sections différentes à cette pièce, l'une dans la partie AE, l'autre dans la partie EB.

Ce montant est composé d'un fer à **T** de $\frac{100 \times 115}{10}$ qui règne sur toute la longueur ; dans les trois tronçons inférieurs il est renforcé par deux cornières de $\frac{70 \times 50}{9}$.

Section supérieure . . . . **T**
Section inférieure. . . . . **⊥**

Nous avons adopté ces dimensions après avoir calculé les flexions dans deux tronçons de la partie inférieure AE ; dans ce calcul qu'on trouvera plus loin, nous n'avons pas tenu compte de la section du fer à **T** placé en amont, pour servir de glissière aux vannes, non plus que de la fourrure placée sous l'un des fers cornières pour compenser l'épaisseur des goussets d'assemblage ; mais il est certain que ces pièces augmentent notablement la résistance.

La charge produite par la pression de l'eau n'est pas répartie uniformément, puisqu'elle est plus faible en haut qu'en bas de chaque tronçon, en variant suivant une expression linéaire ; mais on sait d'après le mémoire de M. Chevalier (*Ann.* 1850) que le moment de flexion maximum ne diffère pas sensiblement comme valeur de celui qui correspondrait à la même charge totale uniformément répartie, et qu'il se produit en un point très voisin du milieu de la longueur de la pièce.

On peut donc sans inconvénient calculer chaque tronçon du montant d'amont de notre ferme comme une pièce chargée uniformément d'un même poids total.

C'est ce procédé simplifié de calcul que nous avons appliqué successivement aux deux tronçons AI et GE.

Tronçon inférieur AI.

Le moment de flexion maximum est donné par la formule

$$X_m = \frac{pl^2}{8},$$

p, poids par mètre courant =

$$= \frac{0,80 \times \dfrac{3,86 + 3.11}{2} \times 1000^k \times 1^m,25}{0.80} = 4356^{kg};$$

$$l = 0^m,80;$$

d'où $$X_m = \frac{4356^k \times \overline{0,80}^2}{8} = 348^{kgm}.$$

Tronçon GE.

Pour ce tronçon on a :

$$p = \frac{1,09 \times \dfrac{2,26 + 1,26}{2} \times 1\,000^k \times 1,25}{1,09} = 2200^{kg};$$

$$l = 1^m,00;$$

d'où $$X_m = \frac{2200 \times \overline{1,09}^2}{8} = 327^{kgm}.$$

Les sections adoptées pour les deux parties du montant d'amont ont les moments d'inertie suivants :

Section inférieure $I = 0,000\,006\,886$; V (*) $= 0^m,068$,
Section supérieure $I = 0,000\,003\,803$; $V = 0^m,1025$.

On en déduit, par la formule $R = \dfrac{XV}{I}$, que le travail maximum du fer est de $3^k,44$ dans le tronçon inférieur AI, de $3^k,22$ dans le tronçon GE, et de $2^k,96$ dans le tronçon supérieur EB. Nous n'avons pas calculé le travail dans le tronçon IG : il est compris entre les deux chiffres relatifs aux tronçons voisins.

Dans le tronçon supérieur de $1^m,30$ de longueur (sans

(*) V, distance à l'axe neutre de la fibre la plus éloignée.

tenir compte de la réduction de longueur produite par les goussets d'assemblage qui forment encastrement), et qui n'est chargé que faiblement sur $0^m,43$ de longueur à partir de l'une des extrémités, soit sur le tiers de la portée totale, le moment de flexion est certainement inférieur à celui qui résulterait de l'application de la même charge totale, soit 675 kilogrammes, répartie uniformément; or ce moment de flexion serait de 110 kilogrammes.

Toutes ces pièces travaillent donc dans des conditions avantageuses.

Traverse supérieure. — Nous ne croyons pas nécessaire de justifier par un calcul la section adoptée pour la traverse supérieure qui est soutenue presque au droit de chaque rail par un montant ou une contre-fiche.

Montant d'aval. — Nous n'avons pas calculé la section du montant d'aval, qui reçoit des charges aux points F, H, J et C; mais ces charges n'étant que des fractions de celles supportées par les traverses et les contre-fiches qui s'entre-croisent, ne peuvent être évaluées même approximativement avec quelque certitude : néanmoins on doit admettre que ces charges ne sont pas considérables, et qu'elles augmentent vers la partie inférieure où la longueur des tronçons diminue.

La section adoptée qui se compose de deux cornières de $\frac{80 \times 50}{9}$, contenant 2.178 millimètres, ne travaillerait qu'à $1^k,70$ si l'on supposait qu'elle supporte seule dans sa partie inférieure la composante verticale de la pression totale de l'eau qui est de 3.700 kilogrammes.

Le dernier tronçon FN du montant d'aval est réduit à une seule cornière; mais le rail qu'il supporte ne lui transmet, lors du transport du matériel, qu'une charge de 500 kilogrammes qui produit dans la pièce chargée debout un travail de 0^k,50 par millimètre, bien inférieur à celúi auquel elle pourrait résister.

CALCUL DU TREUIL POUR LA MANOEUVRE DES VANNES.

Le treuil permet de retirer ou de remettre en place la vanne la plus chargée sous la pression la plus grande qui puisse se produire.

Nous avons fait, pour cette plus grande pression, la même hypothèse que pour le calcul de la ferme, savoir : l'eau d'amont au niveau des couronnements (24,59) et pas de contre-pression en aval.

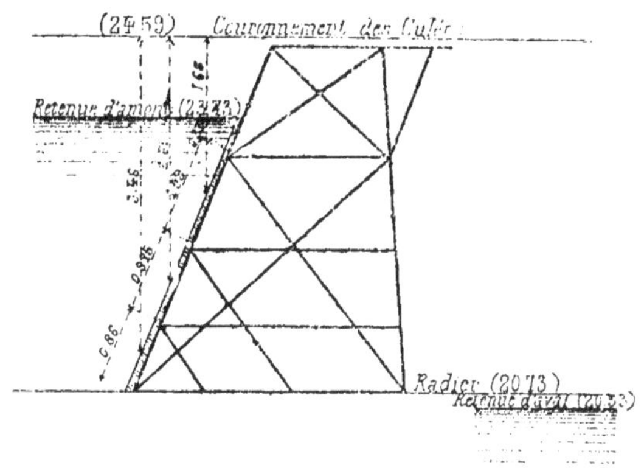

Fig. 4.

Dans cette hypothèse exagérée les pressions sur les vannes de chaque rang, seraient :

Vanne inférieure.	$1000^k \times 1^m,25 \times 0,86 \times 3,46 = 3720^{kg}$
Vanne de 2e rang	$1250^k \times 0,975 \times 2,61 = 3182^{kg}$
Vanne de 3e rang	$1250^k \times 1,09 \times 1,66 = 2261^{kg}$

La plus forte résistance à vaincre serait donc de 3.720 kilogrammes ; en admettant que le coefficient de frottement de fer sur fer, qui est normalement $0^{k},18$, s'élève au départ, et par suite du séjour dans l'eau, à $0^{k},30$, il faudrait développer un effort de

$$0,30 = 3720^{ks} = 1116^{ks}.$$

L'appareil a été construit pour un effort de 1.800 kilogrammes à exercer dans la direction du montant d'amont, soit à la remonte pour enlever les vannes, soit à la descente pour les remettre en place.

CALCUL DES EFFORTS EXERCÉS SUR LES TRAVERSES SUPÉRIEURES DES FERMES PENDANT LA MANŒUVRE DES VANNES.

Pour enlever une vanne de fond sous la plus forte pression, le treuil doit pouvoir exercer ainsi que nous venons de le voir, une traction de 1.116 kilogrammes dans la direction du montant d'amont.

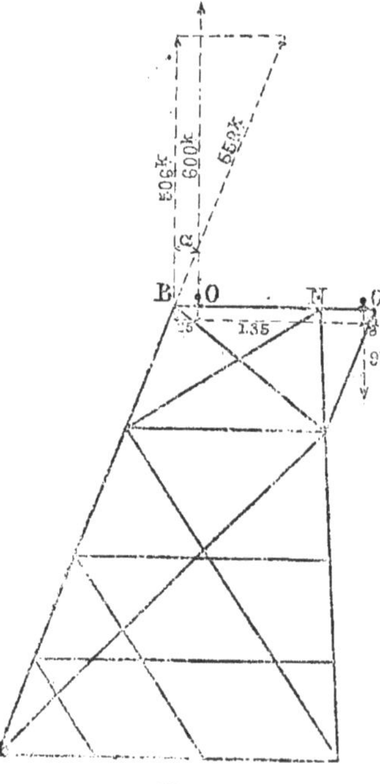

Fig. 5.

Cet effort, réparti sur deux fermes, produit sur chacune d'elles une traction de 558 kilogrammes dirigée suivant le montant d'amont, et qui se subdivise en deux autres, l'une horizontale,

$$558 \sin \alpha = 558 \times 0,38$$

ou 212^{ks},

et l'autre verticale,

$$558 \cos \alpha = 558 \times 0,924$$

ou 506^{ks},

La traction horizontale produit sur les ancrages du radier un effet moindre que la pression normale de l'eau ; il n'y a donc pas à en tenir compte ici.

Quant à l'effort vertical de 506 kilogrammes appliqué au point B, il se décompose en deux autres, verticaux également, appliqués sur la traverse en O et O', le premier dirigé de bas en haut, d'une valeur de 600 kilogrammes, et l'autre de haut en bas, d'une valeur de 94 kilogrammes. Les réactions de la traverse sont égales et contraires à ces deux forces.

On voit que la charge d'aval est insignifiante, et que la charge d'amont, qui se divise entre le montant et le croisillon, n'augmente que très peu la charge de ces pièces dont la section est telle que le fer n'y travaille pas, ainsi que nous l'avons démontré plus haut, à 4 kilogrammes au maximum.

RÉSUMÉ ET CONCLUSIONS.

Nous avons vu que toutes les pièces que nous avons calculées ne travaillent pas à 6 kilogrammes par millimètre carré, et que celles que nous n'avons pas calculées ne supportent que des charges insignifiantes.

D'autre part les hypothèses que nous avons faites pour les charges ont été prises dans les circonstances les plus défavorables, et absolument exceptionnelles. Nous avons également considéré toutes les parties des fermes comme libres, reposant sur deux appuis, et nous avons admis que leur longueur était celle qui correspond à la distance des axes des pièces qui les soutiennent, tandis qu'en réalité toutes ces pièces, réunies entre elles par des goussets solidement attachés, présentent des encastrements à peu près complets, ce qui double presque leur résistance.

Paris, le 9 février 1890.

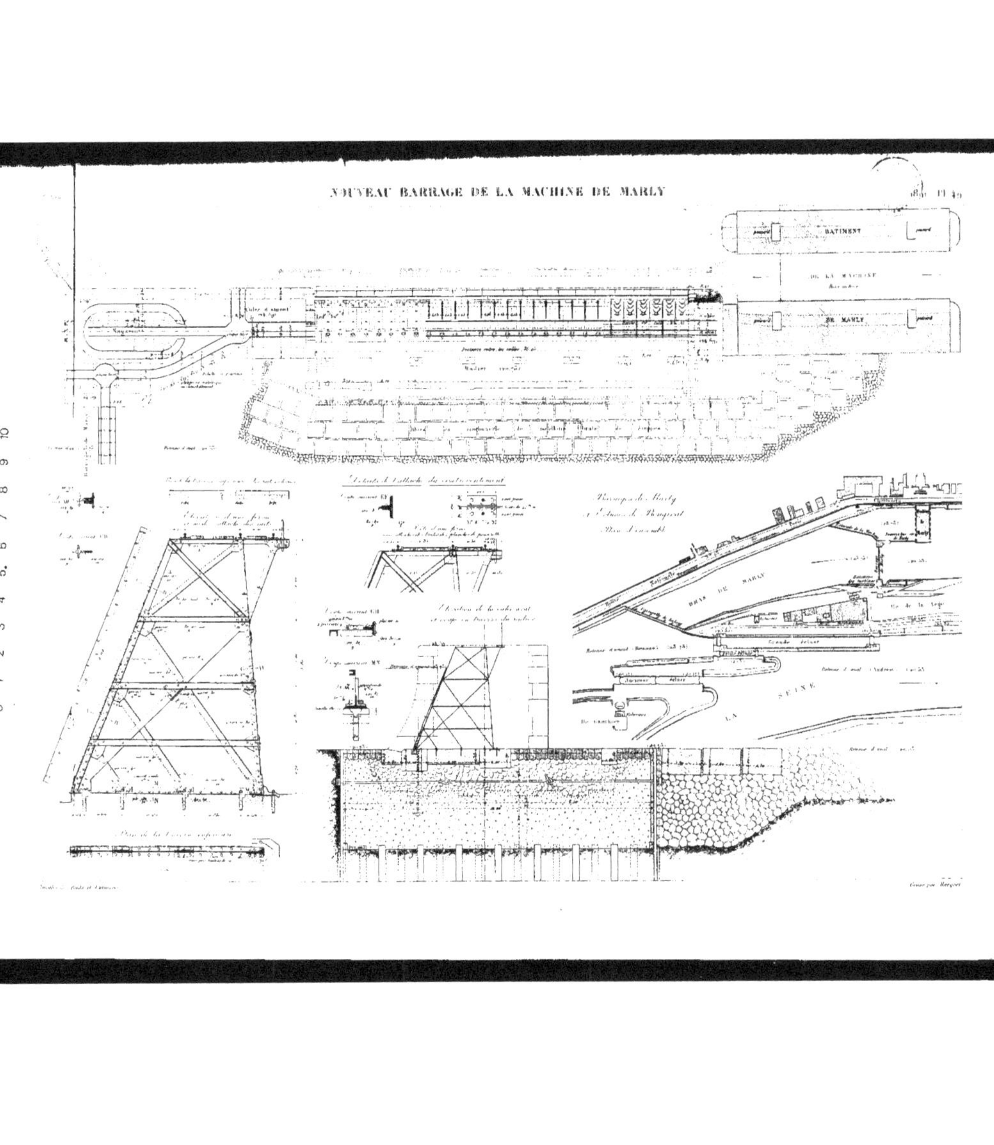
NOUVEAU BARRAGE DE LA MACHINE DE MARLY
BATIMENT
DE LA MACHINE
DE MARLY
BRAS DE MARLY
Grande écluse
LA SEINE
Gravé par Margoet

www.ingramcontent.com/pod-product-compliance
Ingram Content Group UK Ltd.
Pitfield, Milton Keynes, MK11 3LW, UK
UKHW020526180726
13839UKWH00005B/2339

9 782329 573458